Alain M. Bergeron
Fil et Julie

D1450649

Ollie, le champion

ÉDITIONS FouLire • mini KETTO

Catalogage avant publication de Bibliothèque et Archives nationales du Québec et Bibliothèque et Archives Canada

Bergeron, Alain M., 1957-

    Ollie, le champion

    (Mini Ketto ; 3)
    Pour enfants de 6 ans et plus.

    ISBN 978-2-89591-236-1

    I. Fil et Julie. II. Titre.

PS8553.E674O44 2015   jC843'.54   C2014-942720-4
PS9553.E674O44 2015

Correction et révision : Annie Pronovost

Tous droits réservés
Dépôts légaux : 2ᵉ trimestre 2015
Bibliothèque nationale du Québec
Bibliothèque nationale du Canada
ISBN : 978-2-89591-236-1

© 2015 Les éditions FouLire inc.
4339, rue des Bécassines
Québec (Québec) G1G 1V5
CANADA
Téléphone : 418 628-4029
Sans frais depuis l'Amérique du Nord : 1 877 628-4029
Télécopie : 418 628-4801
info@foulire.com

Les éditions FouLire reconnaissent l'aide financière du gouvernement du Canada par l'entremise du Fonds du livre du Canada pour leurs activités d'édition.

Elles remercient la Société de développement des entreprises culturelles du Québec (SODEC) pour son aide à l'édition et à la promotion.

Elles remercient également le Conseil des arts du Canada de l'aide accordée à leur programme de publication.

Gouvernement du Québec – Programme de crédit d'impôt pour l'édition de livres – gestion SODEC.

Imprimé avec des encres végétales sur du papier dépourvu d'acide et de chlore et contenant 10 % de matières recyclées post-consommation.

IMPRIMÉ AU CANADA/PRINTED IN CANADA

Chapitre 1

La maman d'Ollie l'aide à faire ses bagages dans sa chambre.

– N'oublie pas ta brosse à dents, mon champion !

Ollie sourit de ses belles dents pointues.

– D'accord, maman.

Ollie vérifie le contenu de sa valise. Il se prépare à prendre le train pour Béring, une grande ville. Demain, il participera au championnat de planche à roulettes de Luni-Vert.

Il est le meilleur pour faire le saut du kangourou. Il bondit très haut dans les airs.

Boing ! Boing ! Boing !

Comme l'animal du même nom, mais sans la poche sur le ventre.

Attention : il est question de
la planète Luni-Vert et non pas
de… l'Univers. Ollie ne pourrait
pas être le champion de l'Univers.
C'est trop gros, ça, l'Univers. Mais
champion de Luni-Vert, une petite
planète verte avec des cratères ?
Pourquoi pas ?

Ollie jette quatre coups d'œil à sa liste d'articles à apporter. Il lit à voix haute :

– Brosse à dents, pyjama, quatre casques protecteurs (un par œil), quatre bonnets de bain, un maillot de bain…

Oui, Ollie veut profiter de son voyage pour se baigner à la piscine de Béring.

Il referme sa valise. Ah, c'est curieux, ça! Ollie a l'impression d'oublier quelque chose. Ce n'est pas sa brosse à dents, ni son maillot, ni ses casques protecteurs.

Il fouille dans sa mémoire, en vain.

Pour se rassurer, il rouvre sa valise.

– Voyons… voyons… voyons… voyons…

Non, il ne semble rien manquer. Pourtant…

Sa mère lui dit :

– Tu as pensé à ton porte-bonheur ?

S'il avait un front, Ollie se taperait dessus.

– Oui, mon porte-bonheur ! C'est ça qu'il me manquait !

Le porte-bonheur d'Ollie est une mignonne peluche mauve à huit pattes. Elle a un œil, des cornes sur la tête, et s'appelle Flippe. Ollie la traîne partout en compétition… et il gagne tout le temps.

Flippe est ainsi devenue son porte-bonheur.

Son porte-bonheur a disparu ! Ollie craint que ça lui porte malheur !

Chapitre 2

C'est terrible ! Horrible ! Euh…
Pas possible !

Ollie a perdu son porte-bonheur.
C'est sa peluche, Flippe. Sans
elle, il est convaincu qu'il ne
gagnera pas le titre de champion
de Luni-Vert.

Ollie renverse sa valise sur son lit.
Pas de trace de Flippe ! Il enlève
tous les maillots de bain des tiroirs
de sa commode. Rien !

Il est découragé. Dans sa chambre,
il crie :

– Flippe ! Fliiippe !

Comme si la peluche pouvait
l'entendre.

Comme si la peluche pouvait lui répondre : « Eh ! Je suis ici ! »

Les peluches, ça n'entend pas et ça ne parle pas. Même sur Luni-Vert.

La maman d'Ollie lui fait une suggestion :

— Tu as peut-être oublié Flippe chez un ami ?

Ollie approuve :

– Tu as souvent de bonnes idées, maman !

– Pas souvent, le corrige sa maman. Tout le temps !

Ollie se rend donc chez ses amis. Il file sur sa planche à roulettes, parce que ça roule plus vite. À pied, ça ne roule pas : ça marche.

En route, Ollie ne peut pas
s'empêcher de faire le saut
du kangourou sur sa planche.
C'est sa spécialité. Normalement,
il bondit très haut dans les airs.

Pas cette fois-ci… Raté ! Pas de
Boing ! Boing ! Boing ! Mais des
Beding ! Bedang ! Bedoung !
Ollie, les quatre fers en l'air !

Pas surprenant, croit-il. Il n'a pas sa peluche porte-bonheur.

Il arrive enfin chez son ami, Primo. Celui-ci est occupé à manger sa planche à roulettes.

– Que fais-tu là, Primo ?

«Scrounch! Miam! Scrounch! Miam!»

Primo finit de mâcher sa bouchée. Parce que ce n'est pas poli de parler la bouche pleine. Même sur Luni-Vert.

Primo ouvre la bouche et fait :

Par contre, les **Buuurp!** sont permis sur Luni-Vert.

– Quelle bonne idée de fabriquer des planches à roulettes en réglisse ! J'adore ça, Ollie ! Tu en veux un morceau ?

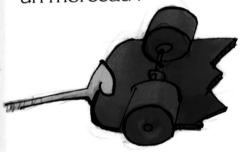

Ollie refuse. Il n'a pas de temps à perdre. Il explique le problème à son ami.

Primo réfléchit.

– Non ! Je n'ai pas vu ta peluche. Es-tu allé voir chez Boulala ?

Ollie répond :

– Non ! Mais j'y vais tout de suite !

Sur Luni-Vert, il n'y a pas que
les mamans qui ont de bonnes
idées. Les amis d'Ollie également.

Chapitre 3

Ollie cherche encore son porte-bonheur, la peluche Flippe. Après une courte visite chez Primo, il traverse la rue pour discuter avec son autre ami, Boulala.

Il tente le saut du kangourou.

Raté! Pas de **Boing! Boing! Boing!** Mais des **Beding! Bedang! Bedoung!** Ollie, les quatre fers en l'air.

Ollie se relève. Il a mal à son orgueil!

Il marche jusque chez Boulala. Celui-là, il a un œil immense, comme un cyclope.

Boulala voit les choses en grand.
Ollie pense qu'il a peut-être aperçu
sa peluche, Flippe.

Hélas, non.

– Dis, Ollie, tu m'aides avec
mon casque ? lui demande son ami.

S'il veut faire de la planche à
roulettes, Boulala doit mettre
son casque.

Ollie émet un sifflement.

– Ouh là là !
Boulala !

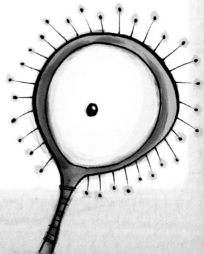

Boulala n'a pas enfilé son casque sur son œil, mais sur son derrière !

– Je crois que j'ai fait une erreur…

Ollie replace le casque au bon endroit.

Au même moment, un autre ami arrive en courant. C'est Skéteur. Il transporte sa planche dans sa bouche.

– Mmmm… mmmm… mmmm…

On l'a déjà dit : ce n'est pas poli de parler la bouche pleine sur Luni-Vert. Et puis, on ne comprend rien !

– Quoi ? font Ollie et Boulala.

Skéteur retire la planche de
sa bouche. Il la dépose sur le sol.
Elle est dégoulinante de bave.
Il s'exclame :

– Les gars, regardez ce que
je peux faire, maintenant !

Il met ses six pattes sur
la planche. Il tend ses deux
petits bras à l'horizontale.

Et il…

C'est tout !

Skéteur demeure
immobile comme une statue.
Une statue fière, toutefois,
comme en témoigne son sourire.

Il s'écrie :

— Youpi ! Je suis capable de me
tenir debout sur ma planche !
Comme tu me l'as montré, Ollie !
C'est grâce à toi, mon champion !

Ollie est content pour son ami Skéteur. Cependant, il n'a toujours pas retrouvé sa peluche porte-bonheur.

Chapitre 4

Ollie n'a plus le choix. Il devra se débrouiller sans Flippe, sa peluche porte-bonheur. Il monte à bord du train qui le mène à la ville de Béring. C'est là que se déroule le championnat de Luni-Vert.

Des dizaines et des dizaines de planchistes sont au rendez-vous. Parmi eux, il y a Grabbe. On le surnomme «le prince de la planche».

Grabbe est l'un des favoris pour gagner le titre du meilleur planchiste de Luni-Vert. Il est le premier à s'avancer sur la rampe. Ollie l'observe avec attention.

Le prince de la planche mérite
bien son surnom. Il exécute des
figures à la perfection : des vrilles,
des prises, des glisses, des sauts.
Il connaît tous les trucs. Il mêle
finesse, adresse et puissance. Tout
va comme sur des roulettes pour
lui lorsque soudain…

– Oh !

Grabbe tombe au sol, sans se faire mal. Une roue de sa planche a lâché. C'est fini pour lui.

Vraiment ?

Non, pas vraiment !

Ollie est habile de ses six doigts. Et il est aussi gentil que généreux. Il s'empresse d'aider Grabbe. En moins d'une minute, il répare sa planche.

Grabbe lui exprime sa gratitude :

– Merci, Ollie ! Tu es un champion !

Grabbe repart en piste pour terminer son numéro. La foule l'applaudit très fort.

C'est au tour d'Ollie. Il est un peu nerveux. Il aimerait bien avoir près de lui Flippe, sa peluche porte-bonheur.

Il craint que les **Boing ! Boing ! Boing !** de son fameux saut du kangourou ne se transforment en **Beding ! Bedang ! Bedoung !** et Ollie, les quatre fers en l'air.

Avant de s'élancer, ses quatre yeux s'attardent dans les gradins.

Il entend crier son nom :

– Ollie ! Ollie ! Ollie !

Hé ! Ce sont ses amis Primo,
Boulala et Skéteur. Ils se sont
déplacés pour l'encourager.

Ollie est très heureux. Il leur
envoie la main. Il en oublie cette
histoire de peluche manquante.

Il roule et s'amuse comme un petit fou. Son large sourire est beau à voir. Il fait la performance de sa vie. Ollie vole et virevolte sur sa planche. Il bondit très haut dans les airs pour son saut du kangourou ! Réussi ! Que des **Boing !** **Boing ! Boing !** Pas de **Beding !** **Bedang !** **Bedoung !**

Le public l'acclame. Ollie est très fier. Il a donné le meilleur de lui-même.

Ses amis viennent le féliciter.

– Tu es notre champion !

Ollie les remercie.

– Et vous, vous êtes mes porte-bonheur !

Tout à coup, Skéteur est inquiet.

– Tes porte-bonheur ? Hum…
Ça veut dire qu'il faudra assister à
TOUTES tes compétitions, Ollie ?

Ollie hoche la tête.

– Oui, sinon ça risque d'être
Beding ! Bedang ! Bedoung !
Et moi, les quatre fers en l'air.
Je préfère
les **Boing !**
Boing !
Boing !

Ollie donne un coup de pied
sur sa planche. Elle rebondit dans
ses bras. Boulala remarque alors
un objet accroché sous la planche
d'Ollie. Il éclate de rire.

– Ha ! Ha ! Ha ! Mais la voilà,
ta peluche !

Ollie sert Flippe contre son cœur.
Il est un peu embarrassé.

– C'est gênant ! Je l'avais collée là-dessous pour ne pas l'oublier… Et je l'ai oubliée !

Ses amis rigolent.

Ollie leur montre sa peluche.

– Flippe m'a porté chance, aujourd'hui. Vous m'avez fait une belle surprise ! Vous êtes venus jusqu'ici juste pour moi !

Skéteur est soulagé.

– Ouf! Maintenant que tu as retrouvé Flippe, nous n'aurons pas besoin d'être tes porte-bonheur…

***

L'organisateur de la journée appelle tous les participants. C'est l'heure de dévoiler le nom du champion de la compétition de Luni-Vert.

Boulala, Primo et Skéteur hurlent :

– Ollie ! Ollie ! Ollie !

– Le trophée est remis à… Grabbe !

La foule salue l'annonce par de forts applaudissements. Les amis d'Ollie sont déçus. Pas lui. Il n'a pas gagné, mais c'est lui, pourtant, qui console ses amis.

Avec une serviette, Ollie essuie la grosse larme qui coule de l'œil unique de Boulala. Primo mange ses émotions… et une planche en chocolat. Quant à Skéteur, il est couché sur le dos et fait la danse du bacon cuit dans la poêle.

Grabbe vient voir Ollie.

— Si tu ne m'avais pas aidé, je n'aurais pas pu compléter le parcours.

Grabbe lui remet un cadeau : son trophée de champion.

Ollie ne sait pas trop quoi lui répondre. Mais ses amis, oui. Primo, Boulala et Skéteur crient ensemble :

— Vive Ollie, le champion !

Dans les bras d'Ollie, on dirait presque que Flippe sourit…

mini KeTTO

Illustrateurs : Fil et Julie et Julie St-Onge Drouin

Alain M. Bergeron a aussi écrit aux éditions FouLire :

- Rire aux étoiles - Série Virginie Vanelli
- Le Chat-Ô en folie
- Mes parents sont gentils mais… tellement malchanceux !